Vente du Lundi 5 Mars 1877

HOTEL DROUOT, SALLE N° 7

À DEUX HEURES ET DEMIE

OBJETS D'ART

ET DE

CURIOSITÉ

EXPOSITION PUBLIQUE

Le Dimanche 4 Mars 1877, de 1 heure 1/2 à 5 heures 1/2.

M° QUÉVREMONT	M. MARGELIDON
COMMIS^{re}-PRISEUR	EXPERT
rue Richer, n° 46	boulevard Haussmann, 38

PARIS — 1877

CATALOGUE

D'OBJETS D'ART

ET DE

CURIOSITÉ

MEUBLES ANCIENS EN BOIS SCULPTÉ

Crédence gothique, Meuble Renaissance, Crédence Ducerceau

MEUBLE DE SALON LOUIS XV

EN BOIS SCULPTÉ ET LAQUÉ

Composé d'un Canapé et six Fauteuils recouverts en Tapisseries Watteau

ANCIENNES PORCELAINES DE LA CHINE ET DU JAPON

BRONZES — MARBRES

OBJETS DE VITRINE

ANCIENNES TAPISSERIES

Dont la vente aux enchères publiques aura lieu

HOTEL DROUOT, SALLE N° 7

Le Lundi 5 Mars 1877

A DEUX HEURES ET DEMIE

Par le ministère de **Me QUÉVREMONT**, Commissaire-Priseur,
rue Richer, 46,
Assisté de **M. MARGELIDON**, Expert, boulevard Haussmann, 38.

EXPOSITION PUBLIQUE

Le Dimanche 4 Mars 1877, de 1 heure 1/2 à 5 heures 1/2.

PARIS — 1877

CONDITIONS DE LA VENTE

Elle sera faite expressément au comptant.

Les Acquéreurs paieront CINQ POUR CENT, en sus des enchères.

DÉSIGNATION

MEUBLES D'ART

1 — Crédence à colonnettes, style Ducerceau.

2 — Meuble à deux corps, style Renaissance, à quatre portes formées de panneaux représentant des figures allégoriques sculptées en relief.

3 — Crédence gothique.

4 — Bureau Louis XIII en bois sculpté.

5 — Bureau Louis XIII, avec incrustations d'ivoire.

6 — Bureau à cylindre en acajou, époque Louis XVI.

7 — Guéridon ancien (époque Louis XVI), avec dessus en marbre vert.

8 — Guéridon Louis XVI, avec frise-poste en cuivre doré.

9 — Servante Louis XVI en bois d'acajou, avec galerie en cuivre.

10 — Rouet Louis XVI en acajou et à colonnes cannelées. Ouvrage très-soigné.

11 — Fauteuil Louis XIII, garni de ses clous d'époque et d'une tapisserie au point de Hongrie, avec sa frange

12 — Fauteuil de bureau Louis XVI.

13 — Paire de Fûts de colonnes en bois sculpté de la Chine.

14 — Planche d'étagère incrustée d'ivoire.

15 — Commode Louis XVI ancienne en bois de rose.

16 — Trois Chaises couvertes en tapisserie.

17 — Table Louis XVI en acajou. Travail ancien très-soigné.

18 — Torchère en bois sculpté, formée d'un groupe d'enfants sur un piédestal et supportant une coupe.

19 — Quatre Escabeaux à colonnes torses, avec incrustations en ivoire.

20 — Quatre Escabeaux en noyer sculpté, avec armoiries.

21 — Crédence en ancien laque de Chine, avec cuivres
repoussés et incrustations de nacre polychrome
sur le couronnement. Un vieux bronze chinois.

22 — Deux Chaises Louis XV.

23 — Un petit Orgue.

23 *bis* — Table Tronchin Louis XVI, avec baguette en
cuivre.

—

PORCELAINES

DE LA CHINE ET DU JAPON

24 — Un Vase en vieux Chine, bleu grand feu.

25 — Cornet en vieux Chine, décoré d'un paon.

26 — Cornet en vieux Chine, décoré des oiseaux sacrés.

27 — Cantine en porcelaine de Chine, avec couvercle.

28 — Une autre Cantine dont le couvercle est surmonté
d'un bouton en métal.

29 — Plat en vieux Chine, fêlé.

30 — Un Cornet en vieux Chine.

31 — Un grand Cornet bleu sous émail.

32 — Un Pi-Tong en vieux Chine.

33 — Un autre Pi-Tong.

34 — Deux Bouteilles à eau-de-vie de riz, en vieux Japon.

35 — Deux Vases en vieux Chine, bleu grand feu.

36 — Un Rouleau en ancienne porcelaine de Chine, famille verte.

37 — Un Bol en porcelaine craquelée de Chine.

38 — Potiche en ancienne porcelaine de Chine.

39 — Une autre Potiche.

40 — Une autre Potiche représentant une tête de lion.

41 — Quatre Potiches en porcelaine du Japon.

42 — Deux grands Vases, forme gourde, en porcelaine du Japon polychrome.

43 — Assiette en porcelaine du Japon (Kanga).

44 — Deux Assiettes en porcelaine bleue du Japon, sous couverte.

45 — Très-grand Plat en porcelaine de Chine. Pièce remarquable.

46 — Deux Assiettes à pans, en porcelaine du Japon.

46 *bis* — Deux Plateaux en porcelaine de Chine, famille verte.

—

OBJETS DIVERS

47 — Buste en marbre : Mme Récamier.

48 — Buste en marbre : la Rieuse.

49 — Buste en marbre : Sujet de genre.

50 — Deux Statuettes de nègres en bois sculpté, style Louis XIV, décorées en or de couleur.

51 — Deux Statuettes en ivoire, du commencement du xvi° siècle.

52 — Buste en terre cuite représentant Jussieu.

53 — Un Satyre en terre cuite (xviii° siècle).

54 — Grille de porte en fer forgé (Louis XVI).

55 — Coffre gothique en fer, très-pur de style.

56 — Deux Girandoles Louis XVI en cuivre argenté, à trois lumières chaque.

57 — Buste en bronze d'un prince italien.

58 — Boîte à couteaux en laque du Japon, de très-ancienne qualité.

59 — Deux Vases en vieux Sèvres, pâte dure.

60 — Deux Assiettes en vieux Saxe, à bords gaufrés.

61 — Plat italien en faïence de Castelli, belle qualité.

62 — Boîte fermant à clef, en pierre de lard. Travail chinois réticulé, avec monture en argent.

63 — Socle en bois. Travail chinois.

64 — Coffre en fer repoussé, du commencement du xvi* siècle.

65 — Grand Cartel ancien, style Louis XVI, en bronze doré.

66 — Deux Candélabres en cuivre et marbre, à deux lumières chaque (fin Louis XVI).

67 — Un Casque en fer (xvi* siècle).

68 — Un Casque en fer, à bec de faucon, arme défensive de tournoi, aussi remarquable qu'étrange.

69 — Flûte de derviche persan, avec incrustations de métal.

70 — Coffret en fer repoussé et velours (fin du xve siècle).

71 — Deux Carquois chinois en peau, garnis d'acier gravé et niellé d'argent.

72 — Paire de Fûts en bois sculpté de la Chine.

73 — Deux Jardinières en laque, sur pied, avec cartouches.

74 — Deux Statuettes en bois sculpté, habillées d'étoffe type valaque. Travail napolitain, remarquable de vérité et d'élégance.

75 — Deux paires de Bras en cuivre doré, époque Louis XVI; décors carquois à quatorze lumières chacun.

76 — Deux Flambeaux Louis XVI.

77 — Lanterne de poche Louis XVI, avec garniture en argent. Conservation parfaite, pièce très-rare et d'un grand intérêt.

78 — Gobelet en repoussé Louis XV.

79 — Beurrier en métal et verre.

80 — Couteau à poudre. Très-rare comme exécution et conservation.

81 — Râpe en ivoire, style Louis XIV; très-belle sculpture avec les armes de France. Pièce très-complète.

82 — Statuette en faïence, époque Louis XV.

83 — Petite Vasque en faïence, même époque.

84 — Bidet, style Louis XIII, avec vase en faïence de Rouen.

85 — Dessus de porte en fer forgé.

86 — Châsse en faïence d'Urbino. Pièce très-importante et curieuse.

87 — Deux Girandoles en cristaux de roche, avec monture en cuivre doré, à vingt-six lumières chacune.

88 — Fontaine en cuivre repoussé Louis XIII.

89 — Chaufferette en cuivre jaune repoussé, époque Louis XIII.

90 — Bassinoire en cuivre repoussé, même époque.

91 — Deux Lanternes de voiture, fin Louis XVI; à l'intérieur des glaces taillées à facettes. Pièces très-complètes.

92 — Coffre en noyer sculpté de la Renaissance.

93 — Deux Cariatides et une Frise en bois sculpté.

94 — Un Cabinet en laque de Chine.

95 — Cinq Feuilles de paravent en laque.

96 — Paire de Bras d'applique en cuivre doré.

97 — Une autre paire de Bras d'applique.

98 — Deux Lampes juives.

99 — Chaufferette gothique en cuivre repoussé.

100 — Quatre anciens Grès de Flandre.

101 — Bas-relief gothique en chêne sculpté, représentant la Mise au tombeau.

102 — Bas-relief en bois peint et doré (fin xvᵉ siècle).

103 — Bas-relief en chêne sculpté, représentant le Sacrifice d'Abraham.

104 — Cadre italien Renaissance, incrusté de marbres d'espèces différentes.

105 — Cadre Louis XIII en bois guilloché.

106 — Deux Cadres incrustés d'ivoire, avec armoiries.

107 — Deux Vases en faïence italienne, ayant comme anses des serpents enroulés.

108 — Paire de Flambeau en faïence italienne, formés par des enfants.

109 — Paire de Cornets en porcelaine, genre Japon.

110 — Deux Cache-Pots en faïence, genre Rouen.

111 — Deux Potiches en porcelaine, genre Chine.

112 — Deux Bols en cuivre gravé. Travail persan.

113 — Plusieurs Carreaux en porcelaine de Perse.

114 — Deux Flambeaux Louis XIII en cuivre argenté.

115 — Quatre Cariatides en cuivre doré.

116 — Camée gravé en creux, de Picleur, et monté en épingle.

117 — Un Socle en bois sculpté.

118 — Huit Cadres en bois sculpté.

119 — Un Cadre Louis XIII en bois sculpté.

120 — Une Bordure en noyer, fin Renaissance.

121 — Quatre Cadres en bois (dessus de portes), époque Louis XV.

122 — Bas-relief en cuivre, époque Louis XIV.

123 — Une Châtelaine dorée, époque Louis XV.

124 — Un Étui en écaille, style Louis XIV.

125 — Éventail Louis XV, d'un grand goût de style et de dessin.

126 — Autre Éventail Louis XV.

127 — Tasse en métal avec son plateau.

128 — Deux Salières en métal.

129 — Montre en or très-fine, style Louis XVI. Pièce très-soignée et d'un état parfait de conservation.

130 — Cinq grand Tableaux chinois anciens.

131 — Toile attribuée à David, sujet d'étude.

132 — Un Fixé sur verre, signé.

133 — Un Tableau signé D. S. Leroy,

134 — Tableau peint sur panneau : Combat de coqs (École hollandaise).

135 — Lithographie d'après Eug. Delacroix.

136 — Gravure représentant Marie-Antoinette.

137 — Tableau sur panneau, dans son vieux cadre en bois sculpté.

138 — Deux Tableaux sur panneau (École italienne).

139 — Gravure enluminée (les États généraux).

140 — Ancien Cadre en cuivre.

141 — Une Esquisse sur panneau.

142 — Deux Aquarelles, dont une encadrée.

143 — Un lot de Gravures encadrées.

144 — Petite Peinture sur carton.

145 — Portrait d'Alembert, attribué à Ricardi, avec cadre
doré, d'une grande finesse.

146 — Un Portrait sous verre de Larochefoucauld, avec
cadre en bois sculpté.

147 — Un lot de Miniatures.

148 — Objets non catalogués.

ETOFFES

149 — Un Costume en cachemire bleu, soutaché de soie,
ayant appartenu à Subly-Bey, gouverneur de
Thessalie et composé de :

Un pantalon.
Une veste.
Un gilet.
Une chemise.
Une coiffure,
Une ceinture en cachemire.
Une paire de chaussure.
Une bourse.

150 — Une Veste de femme en étoffe japonaise, avec pail-
.lettes et broderies d'or.

151 — Un Sac en étoffe brodée d'or.

152 — Robe en ancienne étoffe de Damas.

153 — Couvre-pieds en soie Louis XVI.

154 — Veste de femme turque en velours rouge brodé
d'or.

155 — Très-grande Tapisserie Louis XIII à personnages,
avec riche bordure.

156 — Deux Tapisseries verdure.

Vᵉˢ Renou, Maulde et Cock, imprˢ de la Compagnie des Commissaires-Priseurs,
Rue de Rivoli, 144.   73671